edition rose
Reproduktion: Peter Litvai
Druck: Hausler Buch- und Offsetdruck GmbH
Von der Autorin durchgesehene und erweiterte Auflage
© Copyright 2009
Galerie Rose, Nahensteig 183, D-84028 Landshut
www.galerie-rose-landshut.de
ISBN 978-3-00-028561-5

Marlene Reidel

Der Lorenz aus Krottental

edition rose

Der Krottentalerhof war eine Einöde in Niederbayern und gehörte zum Schloßgut von Neufraunhofen. Dort lebte der Lorenz.

Außer dem Lorenz lebte dort noch sein Vater und seine Mutter, die Anni, der Hund, die schwarze Geiß, eine Katze, etliche Hühner und Gänse und die Rosi. Die lag aber noch in der Wiege.

Vor dem Krottentalerhof war ein Weiher. Dort war der Lorenz am liebsten, besonders im Frühling. Da gab es allerlei Tiere wie Frösche, Kaulquappen, Wasserläufer und Libellen. Einmal erwischte der Lorenz sogar drei Fische. Da machte er sich ein schönes Aquarium.

Ein anderes Mal, als er zum Weiher ging, nahm er sein Lesebuch mit und schaute sich die Bilder an.

Danach ruderte er mit seinem Floß im Wasser herum. Da mußte er aber gut aufpassen, daß er nicht unterging, weil sein Floß nur eine alte Stalltür war. Da kam die schwarze Geiß daher. Die konnte den Lorenz nicht leiden. Immer wenn sie ihn sah, lief sie ihm nach und wollte ihn stoßen.

Die Geiß war ständig auf der Suche nach etwas Besonderem. Diesmal war es das Lesebuch, das am Ufer lag. Um sie zu vertreiben, begann der Lorenz, so laut er konnte, zu schreien. Die Geiß reagierte darauf nicht, aber die Mutter. Die kam so schnell gelaufen, daß sie ganz außer Atem war.

Als erstes vertrieb sie die Geiß. Dann hob sie das Lesebuch auf. Und danach zog sie sich den Lorenz ans Ufer und haute ihm beinahe eine herunter, weil er sie so erschreckt hatte. Und weil das Lesebuch gefressen war.

Aber ganz gefressen war es nicht. Und erschrecken konnte man die Mutter leicht, zum Beispiel schon, wenn er nur die Rosi im Kinderwagen den Berg hinunterfahren ließ.

Doch das angefressene Lesebuch war für die Eltern ein Problem! Sie waren nämlich nur Tagelöhner beim Grafen und für ein neues Lesebuch hatten sie kein Geld.

Also mußte der Lorenz die fehlenden Seiten abschreiben. Dazu mußte er aber jeden Tag jemanden finden, der ihm sein Lesebuch zum Abschreiben auslieh. Das war nicht immer leicht, und der Lorenz war recht froh, als er endlich fertig war.

Aber dann kam das Schwerste, nämlich die Bilder! Die zeichnete die Mutter an einem Sonntagnachmittag. Sie konnte das ganz gut. Das Reh, die Katze, der Hund sahen aus wie echt. Die Mutter war ihm auch gar nicht mehr böse, denn das Zeichnen hat sie gefreut.

Im Sommer gab es oft schwere Gewitter. Wenn sie gelb aufzogen, war es am gefährlichsten. Dann zündete die Mutter die Wetterkerzen an, und man betete laut den Rosenkranz.

Einmal schlug beim nächsten Nachbarn, beim Windstoßer in Weihern, der Blitz ein. Da liefen alle Leute hin zum Helfen, und der Lorenz schaute zu, wie es brannte und wie die Feuerwehrmänner das Wasser in das Feuer spritzten.

Als alles abgebrannt war, gingen sie wieder heim. Da stand ein wunderbarer Regenbogen am Himmel. Es heißt, daß man dort, wo ein Regenbogen auf die Erde trifft, eine Schüssel voll Gold finden kann. Der Lorenz fand aber keine Schüssel voll Gold.

Da machte er sich ein Schiff mit einem roten Segel und ließ es schwimmen.

In der Erntezeit mußte der Lorenz immer mit aufs Feld und den Pferden die Bremsen abwehren. Dafür durfte er dann auf dem Wagen mit nach Hause fahren. Als sie an einer Scheune vorbeikamen, hängte sich der Lorenz schnell an eine Dachrinne, denn er war ein guter Turner. Doch bis er sich umschaute, war der Wagen unter ihm weitergefahren. Auf sein Geschrei hin kam der Vater herbeigelaufen und fing ihn auf, und der Lorenz hat sich gar nicht weh getan.

Der Vater war mager, aber er konnte fest arbeiten. Und er konnte den Lorenz durch die halbe Stube werfen! Das tat er aber nur, wenn die Mutter dastand und den Lorenz wieder auffing.

Die Mutter war auch mager, aber nicht immer: bevor die Rosi zur Welt kam, war sie sehr dick gewesen.

Der Vater konnte ganz schön pfeifen, und er konnte sehr viele Lieder. Er konnte durch den Regen gehen, ohne daß er naß wurde. Deshalb setzte er dem Lorenz immer seinen Hut auf, wenn es regnete. Dann sagte er: „Ein Vater braucht keinen Hut, denn er wird nicht naß, weil er zwischen den Regentropfen hindurchgehen kann."

Der Vater hatte eine Pfeife. Und einen Spazierstock. Die Pfeife hatte er meistens im Mund, und den Spazierstock nahm er nur am Sonntag. Da ging er in die Kirche und manchmal auch ins Wirtshaus, damit die Leute nicht meinen, daß er nicht fortgehen darf. Dann bürstete die Mutter an seinem Anzug herum und sagte, daß er so eine feine Haut habe im Gesicht.

Der Vater hatte auch ein Gewehr. Das wußte niemand, und er schoß ab und zu einen Hasen. Er sagte immer: „Hilf dir selbst, so hilft dir Gott!" „Ein Hase mehr oder weniger", sagte er, „geht dem Grafen nicht ab, und weil ein Hase auch dem Grafen seine Rüben frißt, gleicht sich der Schaden für den Grafen wieder aus." Der Vater sagte: „Das ist keine Sünde." Aber die Mutter war sich da nicht so sicher und hat es einmal gebeichtet. Nachdem sie aber der Beichtvater ausgefragt hatte, warum sie's täten, und was sie verdienten und wieviel Kinder sie hätten, war auch er der Meinung, daß es keine Sünde sei, höchstens eine läßliche.

Der Hund, der auf dem Hof lebte, konnte den Lorenz gut leiden, und er ließ ihn oft auf seinem Rücken reiten. Er hatte hellbraune Augen und ein hellbraunes Fell und er war so tapfer, daß er sogar Wölfe vertreiben konnte! Ganz in der Nähe gab es nämlich eine Wolfssäule. An dieser Stelle hatte vor langer Zeit ein Wolf ein Mädchen gefressen, und auf der Wolfssäule war ein Bild, auf dem konnte man das sehen. Dem Lorenz wurde es immer ganz unheimlich, wenn er dieses Bild betrachtete. Obwohl der Vater sagte, daß es längst keine Wölfe mehr gäbe, wäre er ohne seinen Hund nicht hingegangen. Der knurrte bei der Wolfssäule immer so furchtbar, daß sich kein einziger Wolf je hergetraut hat.

Der Lorenz und sein Hund waren so gute Freunde, daß sie oft miteinander in die Hundehütte krochen.

Einmal - draußen fiel der Regen - schlief der Lorenz darin ein. Da rief die Mutter nach ihm, und als er nicht kam, suchte sie ihn überall, und sie bekam große Angst. Und als am Abend der Vater heimkam und der Lorenz immer noch nicht da war, nahmen sie eine Stange und suchten sogar im Weiher nach ihm. Endlich fanden sie den Lorenz in der Hundehütte. Da waren der Vater und die Mutter froh, daß sie ihn wiederhatten.

Im Herbst schaute der Lorenz immer zu, wie sich die Vögel sammelten.

Wenn der Wind ging, machte er sich einen Drachen aus Papier und ließ ihn fliegen.

Er stieg auf die Obstbäume und schüttelte die Äpfel und Birnen herunter. Aus dem Laub, das von den Bäumen fiel, baute er sich ein Blätterhaus und setzte sich hinein.

Wenn bei der Kartoffelernte schöne Feuer auf dem Feld brannten, warf der Lorenz ein paar Kartoffeln in die Glut und aß sie mit der Anni, wenn sie fertig waren. Die Anni war seine Schwester und zwei Jahre jünger als er. Sie hatte Zöpfe und eine Puppe, und die Puppe hatte auch Zöpfe und hieß Kati.

Einmal spielte der Lorenz mit der Anni auf dem Heuboden Eierlegen. Als sie gerade recht laut gackerten, spürte der Lorenz etwas Glattes, Rundes unter sich. Er konnte es selbst kaum glauben, aber es war ein Ei! Da hat die Anni gemeint, daß der Lorenz Eier legen kann.

Hinter dem Krottenthalerhof war ein Wald. Dort hausten unterirdisch viele grünhaarige Hexen. Einmal ging der Lorenz mit dem Kamm zu den Waldhexen hinaus und machte ihnen schöne Frisuren. Da brach ihm der Kamm ab. Darüber war der Lorenz recht erschrocken. Der Mutter erzählte er dann, daß die Hexen ihm den Kamm abgebrochen hätten. Die Mutter glaubte so etwas schon. Sie war nämlich sehr hexengläubig. Nach dem Gebetläuten ließ sie den Lorenz nie mehr draußen herumlaufen, weil ihm sonst die Hexen in die Haare gekommen wären.

Manchmal hatte sie einen Hexenschuß, dann ging sie ein paar Tage ganz gebückt umher. Und nachts kam öfters die ‚Drud' zu ihr und drückte sie. Die Drud war auch eine Hexe. Die hockte sich auf ihre Brust, so daß sie keine Luft mehr bekam. Die Mutter sagte dann, daß die Drud Holzschuhe angehabt habe und daß es kein Traum gewesen sei.

Die Mutter machte aus Holzspänen manchmal Drudenkreuze. Die legte sie am Abend vor die Haustür, bevor sie abschloß. Nachher in der Stube mußte man alle Augenblicke ganz still sein und horchen. Der Vater sagte: „Da ist nichts, das ist nur der Wind!" Aber die Mutter hörte außer dem Wind immer noch etwas.

An einem Winterabend, als der Vater nicht da war, kam der Nikolaus. Er hatte eine ganz tiefe Stimme und rasselte mit der Kuhkette, und seinen Mantel hatte er verkehrt herum an. Die Mutter war ganz freundlich zu ihm, worüber sich der Lorenz sehr wunderte, weil sie doch sonst immer so furchtsam war. Der Nikolaus war aber auch gar nicht so schlimm. Er brachte einen ganzen Teller voll guter Sachen.

Bevor er ging, schaute er noch die Rosi an. Dabei lachte er genauso wie der Vater.

Aber der Lorenz ließ sich nichts anmerken, als der Vater dann nachher, etwas später als sonst, von der Arbeit heimkam.

Vom Himmel herunter wirbelte nun der Schnee, und draußen war es schon so kalt, daß der Lorenz mit dem Finger an die Fensterscheiben zeichnen konnte.

Wenn die Sonne schien, ging er hinaus. Dann trat er Bögen und Muster in den weißen Schnee und freute sich auf den Schlitten, den er sich vom Christkind gewünscht hatte.

Kurz vor Weihnachten hat der Lorenz das Christkind gesehen. Das war, nachdem er einmal sehr lange zum Nachthimmel hinaufgeschaut hatte. Aber das glaubte ihm die Anni nicht.

Am Heiligen Abend hat die Mutter in ihr Kohlebügeleisen ein paar Körnchen Weihrauch gestreut und ist damit durchs ganze Haus gegangen. Als es dunkel war, nahm der Vater sein Gewehr, ging vor die Haustür und hat dem Christkind zu Ehren dreimal in die Luft geschossen. Daraufhin ist es dann gekommen und hat einen Christbaum gebracht. Der Lorenz bekam seinen Schlitten, die Anni eine Puppenbettstatt und die Rosi einen Ball.

Und so war für die Krottentalerkinder der Heilige Abend der schönste Abend im ganzen Jahr.

Wie mein Leben so verlaufen ist

Gemessen an dem, was der Weidenkorb gekostet hat, den meine Mutter kaufte, um mich nach meiner Geburt hineinzubetten, war ich das Kind von Millionären. Der Weidenkorb kostete nämlich sieben Millionen Mark. Das war 1923, in der Inflationszeit. Alle Leute waren damals Millionäre, und doch war man arm, denn gegen Ende der Inflationszeit kostete eine Semmel Milliarden!

In einer meiner frühesten Erinnerungen sehe ich den Vater in der Stubentür stehen. Er kommt von der Arbeit, es ist Samstagabend. Er greift in die Hosentaschen und läßt lachend ein paar Silbermünzen über den frischgeputzten Holzboden unserer Stube rollen. Wir Kinder sammeln die Münzen ein und rollen sie dem Vater wieder zu.

Die Eltern arbeiteten damals als Tagelöhner beim Graf von Soden in Neufraunhofen. Der Vater ging ins „Gut", oft auch die Mutter, doch meistens versorgte sie daheim das Vieh, das auch dem Grafen gehörte. Daheim, das war Krottental. Krottental war ein Einödhof und gehörte zum Schloßgut, und wir, die Landarbeiterfamilie, konnten hier wohnen.

Der Monatslohn betrug für Vater und Mutter zusammen 36 Reichsmark. Dazu kam noch das „Deputat". Das bestand aus 1 Liter Milch und 1 Liter Bier täglich, 3 Zentner Weizen, 3 Zentner Kartoffeln und 3 Ster Holz jährlich. Das war nicht viel, aber es war genug. Immer hatten wir gut zu essen, immer waren wir sauber angezogen und immer hatten wir das Gefühl, es ausgesprochen gut zu haben. Dieses Gefühl ist mir unvergeßlich und hat mich mein ganzes Leben lang begleitet.

Was mir aber am unvergeßlichsten ist, das sind die Stunden, in denen uns die Mutter Geschichten erzählte! Zwar, Bilderbücher hatten wir keine, dazu reichte das Geld bei uns nicht. Und doch, es gibt kein Bilderbuch, das so farbig, so lebendig, so geheimnisvoll jene Bilder, wie sie die Mutter mit ihren Geschichten in unsere Köpfe zauberte, wiedergeben könnte.

Mit 14 Jahren kam ich aus der Volksschule. Ich begann eine Lehre in einer keramischen Werkstätte als keramische Malerin im nahegelegenen Landshut. Nach meiner Gesellenprüfung, damals war Krieg, wurde ich für zwei Jahre zum Arbeitsdienst und Kriegshilfsdienst eingezogen.

Nach Ablauf dieser Zeit schickte ich eine Mappe mit Zeichnungen, die ich in jeder freien Minute angefertigt hatte, an die Akademie für bildende Künste in München und bewarb mich um die Aufnahmeprüfung. Ich wurde aufgenommen und so begann ich, Malerei zu studieren. Mein Studium dauerte aber nur einige Wochen, bis große Teile Münchens, darunter auch das Akademiegebäude, durch Bombenangriffe zerstört wurden.

Als der Krieg zu Ende war, fanden sich die Kunststudenten wieder zusammen. Die Professoren der Nazizeit waren durch Künstler, die im 3. Reich unter Schikanen und Berufsverbot zu leiden hatten, ersetzt worden.

Das war eine aufregende Zeit! Ich lernte sie plötzlich alle kennen, die großen Meister des französischen und deutschen Impressionismus und des Expressionismus, die faszinierende Kunst der Neuzeit, von deren Existenz ich während der Hitlerzeit keine Ahnung hatte!
Aber wieder dauerte mein Studium nicht lange - ganze drei Semester - ich bekam ein Kind und heiratete 1948 Karl Reidel, der noch im selben Jahr ein Studium für Bildhauerei an der Akademie in München begann.

Um unseren Lebensunterhalt zu verdienen, arbeitete mein Mann als Werkstudent in Münchner Steinmetzfirmen. Ich arbeitete als keramische Malerin für Betriebe, in die ich meine Kinder mitnehmen konnte, oder die mir die Keramikgefäße ins Haus brachten.
Als mein Mann sein Studium nach 12 Semestern erfolgreich abschloß, waren bereits vier unserer sechs Kinder geboren.

Obwohl wir damals ziemlich arm waren, denke ich gerne an diese Zeit zurück. Ich war fast immer mit meinen Kindern zusammen. Und so, wie seinerzeit unsere Mutter uns ihre Geschichten erzählt hatte, erzählte ich nun meinen Kindern die meinen.

Wir waren es, die zusammen auf den Mond stiegen und um die Welt flogen. So entstand mein erstes Buch „Kasimirs Weltreise". Oder wir stellten uns vor, was passieren würde, wenn wir zaubern könnten. Daraus wurde das Buch „Gabriel mit dem Zauberstab". Wir malten uns aus, wie es wäre, wenn wir mit einem Schifflein unseren Bach hinunterfahren würden. Das wurde dann das Kinderbuch „Der schöne Erich". Und natürlich erzählte ich meinen Kindern auch, wie das damals bei mir war, als ich noch ein Kind war. So entstand das Buch „Der Lorenz aus Krottental".

Viele Jahre sind seither vergangen und meine sechs Kinder sind längst keine Kinder mehr. Mein Mann, der Bildhauer Karl Reidel ist nach 60 Jahren gemeinsamen Lebens 2006 gestorben.

Alle meine Kinderbücher sind gespeist aus Fantasie und Wünschen meiner Kindheit im Einödhof Krottental.